四月中,风从江面上拂过来,香的。

榆树和槐树开花了,一串串垂下,摆来摆去,发出蓬蓬的香气,混着水汽直往面上扑,她就那样仰着头大口大口吸气,心中满是欢喜。

她踮着一只脚,绣花鞋胭脂红,婆婆为她留了端午用的几缕金线,春天还没过完,她就着急地在鞋子边上绣了两朵小金花,一只鞋一朵,让它们明晃晃开着。熏风吹得她水蓝色的布衣扑簌簌响,宛如江面波浪翻出的小小褶皱。

大槐树下坐着几个纳鞋底的妇人,眉毛扯得细细的,扬起来的时候如同风中飘过的游丝。她们用嫉妒、不忿、玩笑的眼神看着那在汉江边，脸仰着，有着纤细腰身丰满胸脯和乌油油头发的小媳妇，手上的活儿却是不停的，针尖映着阳光，闪烁小小金芒。

"这几天野猫都连夜连晚地叫，闹得人不清净。"

"金金小骚货想男人了嘞！"

"正当年的姑娘伢，心思多有么样稀奇的。"

"打银匠不能来，一来拖着人家说半天，唉哟，那发浪的劲儿！长生撞在门框上，额头上鼓起个包，哭得恁狠！瞄都不瞄一眼，只管跟那小银匠说笑。"

"造孽哦！长生爹不积德，早死不说，丢下孤儿寡母，招个狐狸精媳妇。"

金金倏地转过身，一手撑着腰，一手伸出，用白生生的、葱管般的手指指向那几个女人，笑着骂："婊子养的一群老骚货！嘴臭！小心我给你们撕到后颈窝挂起甩！"

女人们噤声，却不是因为被小媳妇骂了，而是从西头小道上来了几个骑马的人，已经绕过泛着蓝灰色雾气的畦町，直直地过来。当先是一个年轻人，一身月白长衫，也是被风吹得簌簌响，乌黑的头发微微飞扬，俊秀的眼睛亮闪闪的，眉头却皱着。

金金怔立了片刻，背过身去，因为那皱着的眉头像一双桨，将她原本很欢喜的心搅得一塌糊涂。但她很快便定了定神思，弯下腰，挽起脚边的一个竹篓子，走到年轻人的马前，用力将竹篓举起："大少爷，我婆婆让我在这儿等着的。这一百个鸡蛋是给您贺喜的。"

年轻人还是皱着眉，只看了她一眼，轻轻点了点头算是谢了，很快便把脸转向一边："佟爷帮忙接一下。"

金金愣了愣，旋即反应过来，这宋家镇是最讲礼教的，镇里未婚的男子是不能从已婚的女人手里接东西的，可自己怎么就傻傻地朝人家走过去了呢？

年轻人身后的一个男人拍马而上，手臂轻伸，很利落地从她手里将竹篓接过，篓子里全是鸡蛋，又粉又白，被阳光照得宛如透明。金金于是叮嘱："大爷轻一点！莫颠破了蛋哟。"

小媳妇的声音真是又娇媚又清脆。

佟爷的手顿了顿，除了宋大少爷，所有人都轰地笑了起来。

金金平时也惯会说些过分的玩笑话的，这时却没跟着笑，一张脸臊得发烧发烫，觉得很羞耻，简直不敢抬头了，也不敢揣摩那斯文大少爷的脸色，屈身福了一福，一溜烟儿跑了。

数日前，金金的婆婆摆了一桌席，招待村里的老街坊。那一天金金的小丈夫长生满四岁，吃了一个欢喜坨，几根鱼面，又被邻家的一个老婶子灌了一小口米酒，醉了，又哭又吐，还翻白眼，金金着急地抱着长生在院子外头走来走去转圈，嘴里哄："大弟，不哭，大弟，乖，不哭。"

她是十三岁嫁到宋家来的，那时长生也不过两个多月大。

长生是遗腹子。

守寡的婆婆月子一过，提了两只鸡，买了一两新的烟丝，又买了好些灯草，亲自送到金金家去。金金的老奶奶躺在病床上，把孙女叫过来，让她给婆婆磕头，嘱托了几句，亲事就定了。奶奶一死，婆婆去帮金金办了丧事，之后金金就去了宋家。

按规矩，金金称呼丈夫长生为大弟，等长生成年，两人圆了房后或许就不这么叫了。但是究竟又该怎么叫，婆婆没有跟金金说，金金也没有多做联想。金金觉得等长生长大是一段很漫长的时光，像清晨江面的雾气，梦一般的虚幻。

宋大少爷第一次见到金金，便是长生过生日那一天。

俏丽的姑娘穿着件红红的褂子，嘴唇也红红的，像桃花花瓣，她整个人又何尝不像一朵娇艳的花呢？她抱着胖胖的男孩，男孩头仰着，鼻涕流了一脸，嗷嗷地哭着，姑娘用张小帕子给他擦，好看的脸蹭着男孩的小脸："大弟，乖，不哭。"

小男孩的白眼翻着回不来了，姑娘急得脸色都变了，叫："妈，妈！"

她婆婆从院子里出来，利落地从姑娘手中接过孩子，抓鹅一样，捏着男孩的脖子顺了顺，又在背上拍拍，男孩咯噔一声咳了咳，白眼翻过来，黑眼珠滴溜溜地转，姑娘这才松了口气，重把脸蛋儿蹭到他脸上，嬉笑道："吓死姐姐了，吓死姐姐了！"小男孩吭吭地也笑起来。

婆媳俩这才看到了宋大少爷。

宋大少爷骑在马上，欣赏着这热闹的人家、俗世的悲喜哀乐，欣赏那个抱着男孩的姑娘。姑娘像他在自家花园里看到的狞浆草，却不是狞浆草金色的小花，是它结的果，手一碰，就似要炸开一般，满满的全是艳。他以为她叫那男孩大弟，男孩便真是她弟弟。他完全忽略了姑娘脑后挽起的发髻，那是只有妇人才有的发髻。

宋大少爷是来报喜的。

汉江边的宋家镇，宋氏是大姓，镇因而得名。宋大少爷的父亲是镇长，也是宋氏一族世袭下来的族长。

长生四岁生日这天，族长以长辈兼领主的姿态，让长子亲自来告诉长生的母亲，他同意把长生写入宋家的族谱。

宋家镇的传统其实是宋姓男丁一出生就要记入族谱中的，长生整整晚了四年。

婆婆安静地听宋大少爷宣布完整个消息，对金金说："媳妇，抱着长生给大少爷磕个头，说多谢族长成全！"

金金正偷偷打量着马上的年轻人，她觉得周遭的男人在她眼中全都是苕，唯独这宋大少爷是一棵树，高大挺拔，在风中一招摇，就能揽去漫天阳光。

听到婆婆招呼，不知为何，金金雪白的下巴就渐渐开始红了，然后一直红到了耳后。但她还是听话地抱着长生，向宋大少爷磕下头去："谢族长成全！"

院子里喝酒吃菜的街坊们都出来了，小孩子们踩在门槛上朝他们张望，叽叽咯咯地笑。大家都在祝贺婆婆，婆婆是个不苟言笑的女人，过了一会儿，脸上也还是有了笑容。

宋家大少眼前晃动着金金磕头时起伏的胸脯，胸脯每起伏一次，怀中小伢的脸就被挤得偏一偏。这艳丽丰满得像蜜桃似的女子，竟属于那么一个可能连蜜桃是什么都不知道的毛孩子。

宋大少爷和两个随从骑马离去，一路上心情不太好。

然后再一次见面，便是在江边了。

水蜜桃一样的女子正和一群村妇对骂，污言秽语，举止那么的浪荡轻佻，这是让宋大少爷无法想象且无法接受的，宋大少爷是受过西式教育的人，他觉得很难为情，真是悲哀。

金金蜷在床上发呆，最近她脑中总是充满遐思，以前她不太相信，现在她信了，春天到了，人容易犯迷糊。

婆婆坐在院子里，往屋里大声说："别给我犯懒！起来，家里没柴了！"

金金扭着小腰从床上爬起来，走到院子里，向长生招了招手。长生本来坐在母亲身旁掰蒜，噌地跃起。他家的鸡都蜷在院子里一棵小槐树上，扑扇着翅膀，凑热闹一般咯咯叫了几声。

"大弟，跟姐姐捡柴去！"金金顺手从石槽中抓了一小把玉米，往槐树下一洒，鸡飞下来开心地啄着。

长生蹦蹦跳跳跟着金金去了。

婆婆看着他们的背影，笑着叹了口气。

金金嫁去的这个宋家，和镇里的宋家是不一样的。这镇子里没有一个宋家能和宋大少爷的宋家相比。

金金的婆母二十一岁守寡，二十二岁生了长生，月子一坐完，就把儿子婚事定了，因为她知道，趁家里还有些余钱，得赶紧买个媳妇，等长生长大了,媳妇给家里再添个丁,十年后,添的那个丁也能算半个劳动力。婆婆在见到金金的第一面时就向金金的奶奶送去了一个满意的目光,金金会是个好媳妇。

如今负担已经少了很多。家里虽然穷,但金金很能干,劈柴烧火做饭,纺纱晒莲子编草席,样样得力。更把长生照顾得好好的,长生一年比一年壮实白胖。金金对长生好,这是婆婆最满意的。她觉得自己没有看错人。

长生大了,虽然只有四岁,但也能干点活儿。他会和金金一起到山上的树林里捡柴火,用削尖的木棍从地上叉起一片片干枯的落叶,那是家里用来引火的。桉树叶易燃,烧着了后会流出油脂,发出浓烈的香气。每次回家,婆婆会看到长生小小的肩背上,挂满一串串金金用细草绳穿起的桉树叶,金金背着背篓,背篓里也是满满的枯枝和树叶。

婆婆觉得,辛苦了这么多年,要的就是这么一个家的样子,自己算是熬出头了。

更何况长生的名字终于被写入了族谱。

十五那天金金和婆婆去庙里上香,金金用一文钱抽了一个签,她认的字不多,不过"上下左右吉凶喜丧",这些是认得的。

签上写着:吉。背后的签文就看不懂了,解签的老尼姑念给她听:"好签。凤鸣岐山走四方。"

金金问:"岐山在哪里?签上说的是什么意思?"

尼姑看着她黑白分明的亮眼睛,慈爱地说:"就是说施主你是个有福气的人,是金凤凰,会一鸣惊人,会去见大世面。"

金金听得喜滋滋笑,挽着婆婆的手走了,每一步都似踩在云里那般轻飘快乐。

"我们为什么不离开这里?为什么非得留在宋家镇?"她问婆婆。

婆婆转过脸瞅了她一眼,叹了口气。

婆婆问:"离开了去哪里?长生还没长大,我们仨在外头怎么过活?"

金金不知道。其实她真不知道外面是什么样,女人又能怎么生存。确实,她和婆婆今后要倚靠的是长生,长生现在还只是个小伢。

春天的风是暖的,香的,撩人的。

金金和婆婆把一篓子豌豆拿到江边槐树下剥。这是最美的季节，芳草鲜美，花树夹岸，绿浪翻银。

"那是些什么船啊？"金金将豌豆壳倒进江水里，指着平时总是在这江面上走来走去的一艘艘船，她觉得自己现在的好奇心越来越重了。以前这些船在她眼中，就如天上的日月星辰一样寻常，是只要一睁眼就能看到、看到了也觉得不稀奇、最最理所当然的事物。

"运瓷器的、运盐的、运丝麻和茶叶的。"婆婆说。

金金讶异地看了一眼婆婆，婆婆很是见过世面！

一颗颗碧绿的豌豆从婆婆指间滚到竹篓里："你公公以前就是船夫，什么码头没去过？这些船，都是开到汉口去的。"

金金长长地哦了一声。她没去过汉口，但她知道汉口是个花花世界，是她这样的乡下小媳妇只能在心里想一想的地方。

婆婆继续剥着豌豆："我从你这年纪过来的，明白你的心思。你的心野，我也知道。伢啊，我跟你说，没有办法，真没有办法。只有等，只有熬。等长生长大了，出息了，你想去哪里，就让他带你去哪里。"

金金吸了吸鼻子，闻着在空气中浮动的槐花香。

凤鸣岐山走四方。

金金是真想走四方。倘若现在只有她一个人，哪怕死，她都愿意死在外头。

她唯一的牵绊，就是长生和婆婆。

长生爬到槐树边砌的石坎上，用小手挠着槐树身上的疙瘩，没扶稳，从石坎上跌下来，沾了一身土。金金跑去把他抱起来，在他身上扑扑地拍着灰，长生的清鼻涕流了下来，金金便从衣兜里掏出那张签文，给他擤鼻涕，擤完了，将纸签揉成一团，扔进了江里。

连涟漪都没起，江面上是金灿灿的阳光。

村子里有不少男人对金金动过心思。但宋家镇是个礼教很严的村镇，人们顶多在言语上放浪些，行为上，除非不要命的人才敢不讲规矩。

于是男人们便放任自己对金金调戏，言语下

流。而金金要么是置之不理,要么就是用更出格的言语回击。她那薄薄的小嘴、发光的黑眼珠,充满着对村里甚至整个宋家镇男人的蔑视,她的恶言恶语连一些女人都无法站在她的一边。

一开始,女人们其实并不反感她,那时金金还只是一棵小豆芽菜,瘦骨伶仃,抱着小不点长生坐在门槛上晒太阳,长生被她打理得干干净净,小脸光洁,既没有眼屎也没有鼻涕,偶尔金金还去荷塘摘枚大荷叶戴在他头上,两个小家伙在田间地头一出现,真是一道十分惹人喜欢的风景。几个冬去春来,豆芽菜就变成了花朵,还是会扎人的花朵,她就那样妖娆地出挑了,光芒四射,会刺痛每一个人的眼睛。

住在不远处的一个种水田的男人,在言语上占不了金金的便宜,便去招惹田埂上玩耍的长生。

"长生,你平日跟哪个睡?"

"姐姐。"

"睡得香不香。"

"香。"

"哪里香?"

"姐姐香。"

"长生，你晓得姐姐哪里最香吗？"
"不晓得。"

那天晚上金金疼醒了。长生把小脑袋伸进她衣服，用小嘴咬她的胸脯。

金金把长生推开，坐在床沿发了一晚上愣。

早上，她给长生和婆婆做了早饭，头没梳脸没洗，抄起一把笤帚就奔到邻家农舍。

正吃着早饭的男人被她打到院子里，跳脚怒骂："疯婆娘，敢来我家闹！"

"婊子养的混账杂种，敢再教坏我家长生，今天我拿笤帚，下次可就拿柴刀！"

男人嘻嘻笑："么样？你小男人吃奶吃得香哈？"

金金扶着腰笑了："他是吃得香。不像你，嘬半天嘬不来一滴马尿！"

男人的婆娘在屋里听得冒火，站出来骂："小骚货，给老娘滚，勾男人勾到别人屋头来了？臭不要脸的娼妇！"

金金斜着眼睛看她，手里的笤帚舞了舞："你也不恶心，出来帮你男人吆喝？我勾引你男人？我的命再烂贱，也不是那种腥的臭的只管吞的人，我上辈子缺德这辈子瞎了眼了哈？看上他那身烂肉？呸！"

"啊！啊！"婆娘愤怒到了极点，冲了过去，却是奔向她男人，拽着他连踢带踹，连哭带骂。男人越过老婆的肩，头偏着，脸气紫了，眉毛都要飞了，对金金吼："不要得意，妖精！你就是个沉江活埋的命！等着，你给老子等着！"

金金整了整衣衫，握着笤帚摇摇地转身，脚步微微一凝，对面站着一个过路的男人，眉眼秀拔，牵着马，手里捏着缰绳，看戏似的看着她这边。

是在族长家里做客的佟爷，人家佟爷是个体面人。

金金咬着嘴唇，拉长了脸，低着头就往家走。

婆婆在门口等她，接过她手中的笤帚。

"伢。"

"嗯。"

"唉。"婆婆叹气。

"妈……"金金转身，见婆婆一双眼睛里隐有泪光，"你哭了？"

"没有。"

婆婆心里不好受,但金金未必会理解。婆婆看着金金,宛如看到多年前的自己,那时她也是个牙尖嘴利、不肯吃亏的姑娘,可那时候她还有长生的爹,有个男人可以依傍,金金什么也没有,婆婆觉得金金可怜。

女人越不服输,就会越可怜。

宋家镇的岁月是很残酷的,所有的锋利与尖刻都在阳光里晒着,在风里吹着,在滚滚的江水里荡涤着。最终都会被消磨殆尽。金金此时所有的尖酸刻薄都是让别人嫉妒的,但等她到了自己这个年岁,等她成了一朵枯萎的花,再也不鲜亮了,便再不会有人嫉妒。别说引人嫉妒,连引人看一眼、啐一口也不能了。

婆婆没说什么,揉了揉眼睛,回屋去了。

长生抱着膝坐在一张晒莲子的大竹匾里,怯怯地看着金金。

"大弟!"金金瞅着他,再指了指胸口,"以后不许那样!土匪坏人才那样,晓得?"

长生似懂非懂点了点头。

"姐姐,别生气。"

"姐姐没生气。不是气你。"金金把他从竹匾里抱出来放到地上,"给我把针线筐拿出来,姐姐给你做鞋子。"

长生给她把针线筐拿出来,金金做鞋的时候,长生就在院子里玩,捡地上落的槐花,抓成小捧小捧放到金金脚边。

江上的风吹进小院子,一会儿就把花吹散了。

那一百个鸡蛋,最终还是派上了用场。

几天后,族长那边来了话,说请长生媳妇帮忙为四个小姐做几双鞋子。

婆婆去族长家量了小姐们脚的大小尺寸,回来时眉目间全是喜色。

金金于是知道,长生的名字是真入了族谱了,为族长的小姐做鞋,就算是一个谢礼。于是她熬了好几宿,做了八双绣花鞋让婆婆给送去。

不久,族长家又来人传话:请长生媳妇去为大少爷绣喜被。这一次就得金金亲自上门去做了。

绣喜被的绣娘,全是精挑细选出来的女人。模样、手艺,样样都要拔尖的,这样才能给未过门的少奶奶带来运气和福气。金金和婆婆又惊又喜。有了这一次,就会有下一次,再下一次,无数次。婆婆对金金的手艺很有信心，只要手艺被认可，人品和家世便会被忽略了，甚至爱屋及乌也不无可能，接的活儿多了，得的钱也就多了，长生将来读书的钱也就可以开始攒起了。

金金跃跃欲试，兴奋得睡不着。她觉得她虽然看不上这镇子里许多人，但其实这许多人也看不上自己。她要有个施展拳脚的机会，她要一鸣惊人。

关键是，得了赏钱，她一定要带着婆婆和长生去坐一次大船，一直坐到汉口去，她要去见见真正的世面。不是靠男人，是靠自己的双手挣钱去见世面。

凤鸣岐山走四方。

金金是高兴的，虽然她依旧有些失落，被整个宋家镇年轻女子爱慕的宋大少爷婚事迫在眉睫，金金觉得自己失落很正常。

就这样，金金去了族长家，那有着高高的墙垣、屋檐宽广得可以遮盖住天空的大宅院。她和另外两个绣娘被领到朝西的厢房，在绣完六床大喜被之前，她们在这里吃住。

听一个绣娘说，宋大少爷并不满意自己的婚事，他受过新式教育，不愿听从家里人安排随便成亲，他和他的未婚妻，连一面都没见过。大少爷还去找族长理论，族长很尊重儿子的意见，但他尊重的方式只是安静地听儿子理论完，然后还是该做什么做什么，酒席、花轿、聘礼，嗯，还有这些绣喜被的绣娘，全安排好了。

媳妇们偶尔会在休息的时候，偷偷往庭院里张望。小姐们是看不到的，族长有四个女儿，都还没出嫁呢。大少爷偶尔会在外面花园里散步看书，或者和那佟爷打打牌，有时候与佟爷一起去江边骑马。

佟爷是个神秘的人物，但这神秘很快就在妇人们的嘴里露出了一些蛛丝马迹。

据说大少爷很小的时候在外面住过一阵子，后来被匪人绑架了，族长亲自给匪人送了钱去，可匪人却要撕票，生死关头，正是陪着族长去的佟爷救了大少爷一命。

金金在庄园里是个安静的小女子，不再是骂街的小泼妇。她听婆婆的话，绝不在族长家说一句闲话，惹一个是非，密切注意言行举止，不和任何一个年轻男子说话。

金金一本正经的样子让她的两个同伴很快便把

她撒开，划作了对立面。她们觉得这个小女子是在装，这段时间不少客人到族长家道喜，金金在装贤良淑德的样儿给庄园里的男人们看。

金金的端庄是另一种形式的放浪，这妖精迟早会现形。

第一床喜被绣完，要送去验收。绣娘们在管家的带领下分花拂柳，走进了平日里根本没有机会进入的大堂。金金低眉敛目，只看到面前有一双双脚，穿着各种各样好看的鞋子，鞋子的主人长什么样，她不敢抬头打量。

主人们对喜被很满意。族长夫人摸着被面上栩栩如生的凤凰，笑着说："不错，不错，仙云缭绕，展翅欲飞，翅膀绣得好，云也绣得好！这是哪个媳妇的手艺？"

管家回道："长生媳妇。"

金金和丈夫还没圆房，是还没生养儿女的处子，喜被上凤凰的腹部，她是没有资格绣的。她只能绣凤凰的爪子，还有翅膀，以及喜被边缘的祥云，可那也偏偏最考验功夫。

"长生媳妇好绣作。"族长夫人淡笑着说。

金金这才不得不抬头了，族长夫人瞅着她，眼中却并无嘉许之意。

金金轻声说："谢夫人夸奖。我家婆婆说，族长家的喜事，是宋家镇最要紧的大事，要我尽心尽力做好。"

族长夫人似无耐心听她说完，看着站在一旁的族长，眼神似笑非笑。

族长家的四个小姐以及女眷们全都凑到喜被前端详，夸赞绣娘们的手艺，又发表各种意见，得知金金正是前些日子给她们绣鞋子的小媳妇，不由又额外称赞了几句。金金自觉地站到最不显眼的位置，感受到一直沉默的宋大少爷向自己投来的眼光。

金金在绣娘中冒了尖，其他两位心里多少有些不舒服。很快金金就发现，管家媳妇给自己预留的绣线莫名其妙丢了，她只好厚着脸皮去重新要，一次也就罢了，多要了几次，那婆子眉毛一扬，对旁边一人笑道："这马上就要办喜事了，宅子里人多手杂，什么货色都有，白吃白喝不说，还管不住自己的手脚，私拿挟带的。你说像什么话！也亏老爷夫人心善。"

金金一张脸红一阵白一阵,碍着性子软语央求,僵僵地站了好一会儿,那婆子淡淡看了她一眼,重又从库房翻出几小捆绣线扔给她,金金待回到厢房,便死死守着自己的针线筐,吃饭睡觉都抱着。

绣线的事了了,那两个绣娘又有了新主意。金金绣的是外围的活儿,凤凰的主体没绣完,她基本上能做的就很少了。平日关系还算过得去的时候,三个人轮换着绣,现在是那两人轮换着,金金在一旁干等,有时候甚至等到天黑,只能熬夜把活儿做完。

要依着往日,不和那两人打上一架是绝不罢休的。如今在族长的家里,又答应过婆婆千万不能惹事,金金只好忍气吞声。

族长家占着江边一大块地,有着最好的田亩和树林,还有一个大荷塘,白日里闲着的时候,金金偶尔会去荷塘边坐坐,看佃农清理淤泥,看远处田埂里的小孩放风筝。

薄雾流动在远村山峦之间,风把耳边的发丝吹起,金金顺了一绺,又来一绺,心里烦得慌,她真想念婆婆和长生。

金金就是在荷塘边遇到了宋大少爷。

宋大少爷提着一篓子东西，独自从庄院走过来，走到荷塘边，把篓子一倾，就有红光闪闪的东西扑腾扑腾落入水中。金金不知道那是什么，又不敢近前看，她将身子躲在一棵槐树后面。

她想等宋大少爷走了再去探个究竟，孰料宋大少爷缓缓沿着荷塘边走，走着，走着，就走到她跟前来了。

俊美的年轻人细长的眼睛默默凝视着她，没有疑问，也不赘言，不询问她为什么在这里。

他的眼睛，好似能看进她的心里。

"是锦鲤。"许久后，他说。

金金听到"锦"字时心怦地一跳，她以为他在叫她的名字。金金觉得自己一向是大方的，孰料在宋大少爷面前，真是局促得不行，把头垂着，恨不得跳进荷塘里，在那些绿油油的荷叶间躲着。

"你手里抱着什么？"大少爷问。

"针和线在里头。"

"你在这里绣喜被？被子呢？"大少爷故作

惊讶。

"我怕丢东西,所以带在身上。来旺媳妇和长泽媳妇在绣凤凰的身子,我绣的是脚和脚边云,要等她们绣完。"金金小声说。

"等多久呢?"

"有时候长有时候短,得看她们做到哪儿。"

宋大少爷俯瞰着这个卑微的小媳妇,她乌黑的发髻上插着一支银簪子,簪上刻着桃花,发出柔柔的光泽。他心中对她的厌恶渐渐变幻成了爱怜,随即又是一种说不清道不明的情思,只怪这春风这么暖,阳光这么温柔,让人恍惚,让人产生美丽的、善良的幻觉。

他绕着荷塘走了一圈儿,往原路折返,回宅子里去了。此间金金一直低着头,眼睛盯着塘中碧绿的水,有一只锦鲤游了过来,红红的背脊映射着阳光,金金看着它想:"鲤鱼也不该放到这里来,该放到江里去,那里才有龙门啊。"

两天后族长家出了个小乱子,据说是宋大少爷跑了,金金为他高兴,心想:他是男儿,有广阔的去处,天高任鸟飞,鲤鱼跃龙门。

最后是那佟爷亲自带着少爷回了府里,黑压

压一群人跟在后头。宋大少爷和佟爷走在前面,倒像是两个好友郊游回来,大少爷目不斜视,脸白白的,薄薄的嘴唇边浮着一丝飘渺的笑。佟爷也在笑,老远就听到他的笑声。

族长说:"佟老弟,辛苦了,给你添麻烦了。"

"回来就好!外面风物再好,也不如自个儿家,对吧,大侄子?"佟爷说。

大少爷噘的一声笑。

族长看都没看儿子一眼,只是笑着对佟爷说:"佟老弟,今儿有好酒,我们喝酒听戏。"

"喝酒好啊,听戏也好啊!"佟爷笑道。

戏班子请来了,要唱一天。一直卯着劲儿赶工的绣娘们也决定去看看戏放松一下。

正好演着《王宝钏》。

人们被感动得热泪盈眶,拼命鼓掌叫好,金金个子矮小,被挤到最外围,踮起脚看了一眼,那边正夫妻相对涕泪交流,金金嘟着嘴低低咕哝一句:"苔婆娘一个,有么样看头?"

这话被另一个人听见了,那人发出很爽朗的笑声,金金循声看去,原来是那押着大少爷回家的佟爷,站在回廊的阴影下,抄着手朝她笑,露出洁白整齐的牙齿。

正是这个人扼杀了宋大少爷逃跑的希望,而那个希望,又何尝不隐约代表着自己的希望?想到这里,金金狠狠瞪了他一眼。

第三床喜被做好,管家给绣娘们发了赏钱,并准许她们回家休息两天,金金留了下来,因为族长夫人要她给几个小姐绣枕套。

还是婆婆说得对,真的是手艺一旦被认可,其他的能被忽略的就都可以被忽略,金金很高兴。

长生媳妇在族长家能够抬起头了。

活儿却还是得低着头干的。金金难得身边没有讨厌的人聒噪,心情舒畅地捧着绷子在走廊里绣着,她要绣荷花荷叶、红鲤鱼,绣执着莲枝嬉戏的胖娃娃。可没绣多会儿,就被管家媳妇责骂了一句:"小女人家,在这人来人往走廊上坐着,成什么样子?"

金金轻声说:"屋里在换新窗子,全都是男人。"

整个大院子都在做木工,这是为半个月后即将举行的喜事做准备。

"绕回廊往左边走,走到头,出院子向右拐有个小茶园,有石凳子,那里没人,你去那儿吧!"

金金依言去了。

说是茶园,却只有两三棵茶树,也无人料理,枝叶繁茂杂乱。两张位置分散的石桌,几个石凳,小径蔓延到远处,两边草坪上长满了刺莓,像红红的小灯笼。

有人弯着身子在摘刺莓,随意地撩起灰色长衫的下摆,上面满满一兜粉色浆果。

他转头,眉目精悍,眼神明亮,见到进退两难的金金,粲然一笑。

金金心想:怎么哪里都能看到他?真是个精怪。

精怪拿起一颗刺莓,作势要递给她,说:"不太酸,味道不错。"

金金立时便想掉头走,但想到院子里那些聒噪的男人和厉声厉色的管家婆,咬咬牙,拣了远些的一个石凳坐下,摊开手中的活计。

佟爷说:"你为什么瞪我?"

金金没理他。

他将刺莓倒到另一张石桌上,用手拨开在太阳下晒,又看了她一眼:"那天听戏,你为什么瞪我?"

金金说:"我不跟你说话。"

佟爷又笑了:"谁让你跟我说话了?我只是问你你为什么瞪我,我又没欠你钱。"

"你是响马土匪。"金金恨恨地说,想到文弱的宋大少爷,更是愤懑。

佟爷一怔,随即哧地一声笑:"小女子。"

金金忍了忍,终于没有以恶语还击。孤男寡女,自己适才真是鬼迷心窍才留在这里,想来终是不妥,便起身收拾东西。

"你瞪我,是因为我把他带回来了,难道他离了这里,你还能跟着走不成?"

金金觉得胸口热热的,喉咙里似鲠着什么,脑门子上有根筋一跳一跳,她抬起头,怒声道:"大少爷是正当年的好后生,为什么要被困在这里?我是你适才口中说的小女子,是最没有志气的,但是他不同。天下那么大,他就该去闯荡!"

"他离不得这里。"佟爷摇摇头,"你不会明白。"

"鲤鱼要到了大江中,才会跃过龙门。你们困不住他。"

"那么你呢?你想靠他离了这儿?你认得他?"

金金说:"我靠自己。攒够了钱,就带着我婆婆和我大弟离开这儿。"

佟爷忽然柔声说:"我今天晚上要回趟汉口,过几天才过来,有什么想要的新奇玩意要我给你带来吗?"

金金听到这里,不知为何,心里麻麻地有些异样,脸一红,快步离去。

佟爷重新坐下,他觉得其实自己也如适才那个小女子所说,曾经是个很有志气的少年,想纵身大江大海,去当跃龙门的鲤鱼。那是多年前的事了,又是多少年前的希冀了呢?如今江河湖海都飘荡了一番,什么都有了,却又似什么都失去了。

手指轻轻拨弄着石桌上的刺莓,日头渐渐移到中天,他看着这些粉色的浆果,心想:少年时喝过亲手酿的刺莓酒,如今若重酿一坛,还能留下几分当年的味道?

有轻盈脚步声响起,他抬头,见那小媳妇有些犹豫地站在身前。

她拿着一个小包袱,低着头轻声说:"我……我不要新奇玩意。我好几天没回家了,如果您方便,劳烦您把这东西交给我婆母。我家在靠近码头的榆槐村,门前有片白菜田,院里有棵小槐树,您有一次曾路过的,我记得。谢……谢谢了。"

她走后,佟爷低下头,看着那旧沙蓝棉布包袱,他把包袱打开。

里面是一枚银元,两吊铜钱,一叠裁剪得平整、码得柔顺的彩色纸片,应当是做装饰物用剩的,还有五六个用草纸包好的圆乎乎的东西,佟爷听宋家的管家提起过,某个新开的甜食铺子送了些糕点来,想揽个做喜饼的生意,族长一家嫌味道粗粝生涩,把这些麻糖和果子全打发给了下人,下人们捡了主人不要的吃食,倒都是欢天喜地。

佟爷在衣兜里摸了摸,往包袱里放进一枚银元,想了想,又放了一个进去。

下午人就少了许多,斧削刀凿的声音也没有了,木工们散的散,仅剩的几个被带去补晌午饭去了。只有壮实的家丁时不时从外面抬些新买的家具摆设进来，有的就放在天井搭的一个临时棚子里，有的直接就送去新房归置。

安静了一会子，金金听得有人声在走廊响起，热闹非凡，忙凑到窗前去看，却是几个壮汉抬着一扇银钩铜钮的紫檀落地大屏风，小心翼翼地行走着，那屏风上绘着烟江叠嶂、天际船帆，山峦上有黄色楼阁，大江对面又是一片繁华街市，那是她从未见过的壮阔景色，美得苍渺，金金望着它，眼神被它勾着走，手扶在窗台上，踮起了脚。

可终归也只能看得几眼，人们抬着屏风逐渐走远，金金回身站定，看着手里即将完工的枕头套，怅然地坐下。

待抬起头，却吓了一大跳，窗前立着那宋大少爷，眉间隐隐有笑意。

"你喜欢那屏风？"他轻声问。

金金没说话。

"你一个人？"他又问。

金金不知该怎么回答，木然地看着他，小手紧张地摩挲着手中的枕头套。

他似乎朝她屋里看了看，没说什么，跟在抬屏风的那些人后头走了。

她心中突然升起了一丝恐惧，背心里一阵发寒，可究竟在怕什么，她也弄不清楚，一时心慌意乱，只想时间赶快过去，自己能早日回家，就似多待一日，就会多一分危险。

入夜了，杜鹃在鸣叫，空气里浮动着白日阳光的余热和草木花香，还有七星瓢虫的味道，白天从茶园出来的时候，有一只瓢虫曾飞到她的衣襟上，她伸手把它捏住，瓢虫身上的气味，是阳光下被炙烤后的树枝的气味，浓烈，却又充满着热情。她还看到一只白肚子花喜鹊，豆子似的小眼睛直愣愣瞅着自己，头一点一点的，她觉得好玩，走近些，喜鹊却拍着翅膀飞走了。

有一只飞蛾在床帐上顶撞着，金金看着它，想："看你能飞多远！你能飞到哪儿去？"

门吱呀一声响，似有人推了推，金金以为是管家媳妇，忙整整衣服起身，外屋没点灯，摆着两张大桌，敞着没绣完的大红被子，也不过只余下几寸的空地，四处都是棱角。金金小心绕开它们，走到门前问："是刘嬷嬷么？"

"是我。"

这一声，可把金金魂魄都给唬没了，她怔立着不敢动。

宋大少爷在外头小声说:"你别怕,我……我来看看被子。"

金金窘得冒汗,他那理由,连傻子都知道是借口。

不能开门,她对自己说,绝不能开门!

"我心里乱得很,这个家这么大,没一个人能与我知心,你懂吗?"

金金想,我不懂,不想懂,你快走。

"屏风上的画是我画的,我带了图来,给你看。"他说。

金金小声说:"我不看。"

"我画了黄鹤楼、长江,江对面是汉口,你知道汉口吗?"

"我不看。"

"你把门开一条缝,我递给你,就走。"

她只想让他赶紧走开,可门栓一拉她便后悔了,他用力将门一推,人已经挤了进来,回身将门关上,黑暗中只见他一双眼睛闪闪发亮,他轻声笑道:"还是我拿给你看吧。"

"大少爷,请您自重。"金金说,"这样

不好。"

"送给你。"他递给她一幅画轴。

金金捏在手里:"您快走吧。"

"我是真想走啊,离开这里,走得远远的。"他叹息一声,呼吸喷在她的脸上。

金金往后一退,撞在大方桌上,痛得蹙眉。

他去把窗户关了,问:"灯在哪儿?"

金金抖抖索索去点灯,灯光下一张脸儿急得通红,娇艳万状,宋大少爷从她手里轻轻一扯,便把那幅卷轴重又扯到手里,缓缓摊开。

"好看吗?"

金金走过去,那是白日牵绊着她魂梦的图案,江流,高山,街市,亭台楼阁,风烟绿柳。旁边还有几行字,可是她不识字,一个字都不认得。

她心中陡然凄楚,那是对自己命运生起的悲悯,这悲悯压得她无尽痛苦,他在为她织一个幻梦,以高高在上的姿态,而她明知道此刻自己若进入那梦中就愈发低贱,却又不能不忍耐自己对这一分低贱装糊涂。

她伸出手,小心摩挲着上面的字。

"黄鹤一去不复返,白云千载空悠悠。"宋大少爷喟然轻叹，然后沉默了一会儿。

金金想起他那日逃跑，没能一去不复返，却被佟爷带着回来，他语气中的伤感她应该还是懂的。可她又能怎样呢？她又能做什么呢？

"我想带着你走。"微弱灯光下，他凝视着她小小的白皙脸庞，"知道吗？"

金金摇头。

"你不相信我？"他将画轴颓然放开，桌上是他的大红喜被，绣着凤凰于飞，鲤跃龙门，"是啊，我自己都走不了，还想带你走。"

"你不要难过。"

"倘若离了这儿，你最想做什么？"他苦笑着问她。

金金见他神情凄然，只得小声回答："我想识字。"

"识字有什么用？"

"去庙里抽签能看懂签文。"

宋大少爷笑这小媳妇的短浅，但这短浅又好像透出了无限的娇俏，让人怦然心动。

金金又说："我想做点小生意。不会识字，怎么能看得懂账本呢？我婆婆说，我们宋家镇只有一条江，而到了汉口，还能看到一条江，一条更大的江。我要攒钱去汉口。"

她语声中带着无限的期许，仿佛未来的一切都在她心中小小的蓝图上，凭着她的一针一线，就能慢慢描绘出一条路来。

"我教你写，"他忽然柔声说，"有纸吗？"

金金翻来几张她攒着给长生玩的彩纸，可笔却找不出来，垂首道："您……您还是赶紧走吧，没有笔。"

他将桌上的喜被一掀，露出酱色漆的桌面，从窗前小桌那儿拿了茶杯，杯里尚有她喝剩的残茶，他用手指轻轻一蘸，抬起手指轻问："你叫什么名字？"

金金一颗心怦怦乱跳，低声说："我叫金金。金子的金。"

他便在桌上写了她的名字，慢慢地，一笔一画，写完，他让她走近些看，金金认真地看着，可是不一会儿，字便干了，真似梦中的一切，疏忽就会消失不见，她慌忙用小手在桌上摸了摸，似想将之挽留。

他重又蘸了水，又写了一遍。

"金金。"他曼声呢喃，"真是美，美极了。"

金金不好意思，咬着嘴唇笑了，露出几颗白白的细牙。她学着他的样子，也蘸了茶水，在桌上写，一撇一捺……这是她自己的名字，她终于能认得自己的名字，金金。他说很美，他说她的名字美极了。

她的腰间突然多了一双手臂，缓缓上移，将她转了过来。他们眼睛对着眼睛，呼吸相闻，在彼此眼中，对方真如繁花压枝，美得如火如荼。

他的呼吸渐渐粗重起来，他说："我要你嫁给我，我想娶你。你知不知道，我费了多少心思才能让你来做绣娘？你知不知道我一直在心里想着你，我真是想死你了，想死你了。"

他再不愿假惺惺地端架子，而是把她用力搂在怀中，紧贴着自己的，是他向往已久、无限爱慕的丰满胸脯，她一贴着他，他耳中就顿时嗡嗡有声，那是惊涛骇浪，滚滚的江水，那是催生万物的春风。

金金觉得自己软了，化了，没有力气了！她也觉得有风在吹她，暖的风，香的风，还长着手，那风四面八方都长着手,就是要来抱她,要来亲她。

"我受不了了。"他喘着气说,火热的唇吻向她的脖子,然后往下碾压过去,她的衣衫被层层打开,让她想起自己和长生坐在家门口剥玉米,玉米叶就那样被剥开,发出哔啵的声音,可她是那般轻柔地剥玉米叶,和此时他粗暴的动作完全不同。

宋大少爷眼睛赤红,身体剑拔弩张,如同一只即将要作战的兽,他需要发泄,他憋了好久,所有的愤懑、所有未能满足的欲望。

"你叫什么名字?"金金在推拒间喘息着问。

"什么?"

"你都知道我的名字,我也要知道你的名字。"

他的一滴汗落在她滑腻的肌肤上,他把头埋在她颈窝,含糊地说:"我会告诉你的。"

她始终在挣扎,可他却被她的挣扎更加挑起了兴致,金金咬他、踹他、抓他,都动摇不了他。

宋大少爷拿定了她。

她是不可能反抗的。她的挣扎只是做做样子而已,更何况她的心是向往他的,从她的眼神、她脸上的红晕能看出来,从她温软的身体也能看出来。

"我不让你玩我！"她恨恨地说。

他既不会带她离开，更不会真正娶她，更加不会照顾婆婆和长生。他只是想占有她。他对她没有真心，只有欲望。

好似狂风突起，她这些日子来所有的幻想，终于被卷扫摧残而尽。

金金在羞惭万分之际想起了还在等她回家的婆婆和长生，甚至想起了佟爷那含着笑的脸庞。

她锐声尖叫了起来。

门被撞开的时候一男一女恰好在撕扯，最最不堪的样子，全暴露在众人眼前。

"哎呀！"管家媳妇先拍腿大叫，"闯了祸嘞！被子都弄脏了喔！"

金金蜷缩到了角落，桌上的喜被，很清晰地留下了宋大少爷身上的痕迹。

妇人们回避了片刻，让宋大少爷有时间整理衣冠鞋履，金金却没有机会，她被拉了过去，一边一个人架着她，让她跪在冰凉的地上，半裸着，雪白的肌肤上红痕斑驳。不一会儿，族长和族长夫人来了。

"说！"

族长站在众人正中，眼神冷厉如冬天的江水。

宋大少爷说："是我的错！"

金金说："他糟蹋我！"

两个人同时开口。

宋大少爷震惊地看着金金，金金低着头，脸色惨白，长长的睫毛掩住了一切情绪。

"她勾引我！"宋大少爷忽然大声道，"是她勾引我！"

金金尖尖的下巴扬起，她看了宋大少爷一眼："你说你要娶我，刚刚才说的，穿上衣服就不记得了？你是读过书的人，你是大户人家的少爷，懂得礼义廉耻的人，你哄我还想糟蹋我，现在还不敢承认了？"

"母亲！"宋大少爷跪了下来，将眼神投向族长夫人，"母亲！她趁我路过，拉着我去看喜被，然后勾引我，我才一时失智，做了糊涂事……"

族长在一旁听着，脸色很平静，他对着儿子，一直都是如此平静。金金白嫩丰满的胸脯无可回避地撞进他眼中，族长皱了皱眉头。

族长夫人气得浑身发抖，却又要维持好自

己的尊严,指着金金冷声说:"你们家害了我一个儿子,难道现在还要害一个?我们以德报怨,想给你们孤儿寡母留条生计,你们就这样回报我们?啊?"

"夫人,我没有勾引大少爷!是他自己进来的。他拿着……"金金试图辩解,可族长骤然打断了她,"不要再说了!长生媳妇,你婆婆不教你宋家镇的规矩,土地婆会教你。七日后,去跟着她学吧。"

金金不太明白,睁着大大的黑眼睛,把背脊挺了挺,那是个探寻的姿势,可聪敏如她,寻思了片刻便明白了族长的意思。

她耳边响起那声恶毒的诅咒:"你就是个沉江活埋的命,你等着!"

宋大少爷瘫软在地。

族长把脸微微一侧:"允端,这样的错以后不能犯了。男子汉要经得住诱惑,才能有出息。成亲之前,你搬去祠堂住吧,对着祖先好好思过。"

"不!父亲!不是她勾引我的,不是!我喜欢她,我一直就喜欢她,我想纳了她,她刚才说的是真的。父亲,求求你,让我娶了她,当个侧室也好！"宋大少爷跪行着去拉父亲的衣襟，桌子被撞了撞，那幅画掉了下来。

族长盯着它看了一会儿，弯身捡起来交给身旁一人，然后一根根掰开大少爷拽在自己衣服上的手指，在他肩上拍拍，整了整衣服，缓步离去。

原来他叫允端。

金金嘴角露出一丝凄凉的笑。

允端第一次也是最后一次为她做的事，就是脱下外衣给她披在了身上。

金金把头垂下，不再看他。

佟爷从汉口回来的时候，金金已经被关了四天。

"佟爷！"

经过柴房，他听到她的呼声。

他走近些，金金从蓬窗中伸出手，指甲又长又脏。他抬了抬眼，看到她一双亮亮的眼睛，目光中带着一丝畏惧和悲伤，像个绝望的小动物。

"求您帮帮忙，让我回家见婆婆和大弟一面。"

佟爷皱着眉走开了。

佟爷先是去了祠堂，向宋大少爷问清了事情始末，并从那青年人口中再次听到了乞求。

"我和她是情投意合的。佟爷，求你帮帮我，救救她！"

"情投意合，你，和那小女孩子？"佟爷冷笑，"你是在耍她，拿她的命来耍！"

佟爷拂袖而去。

佟爷在房间里走来走去，然后，快步走去了柴房。

她的听力出乎意料的好，他还没走近，已听见她低低的一声："佟爷！"

"你真中意允端？"佟爷沉声问。

金金没有回答。

"你们怎么会那么糊涂！"

佟爷听到压抑的、轻轻的抽泣声。

自作孽不可活，这是自食其果。佟爷痛心地想。

金金哽咽道："那天……那天他非要进我屋子里，教我写了我的名字。我从来不知道我名字怎么写，他教会了我。我学得很快，记得很快。他只是教我写了我的名字。后来为什么会那样……我也不知道。我真的不知道。"

小女子的右手抓在窗栏上,佟爷看着那纤细的手指,叹息了一声。

佟爷确实是在族长面前说得上话的。他作保,让金金在当天晚上回一趟婆家,他向族长保证,金金会在第二天中午之前回到关押她的柴房。

"我用我一只手保证。"佟爷抬了抬自己的右手。

那只手,曾开枪击毙了绑架宋大少爷的匪人。

族长一声长叹:"佟老弟,原来你也被这祸害迷住了呀!你的手我是不会要的。我知道她不会跑,她也跑不了,她丈夫和婆婆都在镇里。倘若她不及时回来,明天就会是她的死期。"

深夜。

婆婆打开房门看到金金,震惊后回过神,既没有骂她,也没有打她,只是快步走进里屋把床上的长生推醒:"长生快醒醒,姐姐回来了!"

金金洗了脸和手,换了身衣服,在婆婆和长生的注视下吃了一大碗面,然后起身,向婆婆和长生磕了三个头。

婆婆扶她起来。

"伢,还记得你抽的签不?"

"记得:凤鸣岐山走四方。"

婆婆抚摸了一下金金消瘦的小脸:"下辈子,你好好行你的四方。下辈子,别给我家当媳妇了。下辈子,你一定会是只金凤凰!"

"妈!"金金的泪水滚滚而下,却不敢哭出声来,怕惊动了四邻。

"去睡吧,好好睡一觉!"婆婆摆摆手。

长生早就在床上乖乖等着了,金金像往日那样,给他理好了小被子,然后打开自己的铺盖卷儿,躺上了床。

长生把小脑袋放在了她的肩上:"姐姐,别哭。"

金金没出声,只是不停地流着泪。

金金睁开睡眼,听到外面有沙沙声,是婆婆在扫院子,晨雾透过窗棂飘进来,熟悉的气味,熟悉的一切。

婆婆没叫她起床,让她睡懒觉,是对她最后的疼惜。

金金悄悄披衣起身,从窗户往外看去。婆婆扫完了地,提着买菜的篮子,走出了院子,上了通往市镇的小路。

朝阳的光辉慢慢突破云层,洒在江面上、槐树上,洒在白菜地里。

婆婆从镇子里买了金金最爱吃的欢喜坨、烧梅、面条,她提着这些食物快步走着,想着回去要再给金金做一碗蛋花米酒,让她起床就可以喝。

金金已然不在。

长生在柴房理着一串串桉树叶子,回过头对母亲说:"姐姐说还要再去捡点柴,让我先理着。"

"嗯。"婆婆蹲下,扒拉那数十串桉树叶。她的媳妇,即便是用草绳穿叶子,也要在绳上打下一个个花朵般的结,婆婆摸着它们,眼泪一滴滴落下。

长生看着母亲,慢慢觉得不对劲了,他想冲出去找姐姐,找他最最亲爱、也最最疼爱他的姐姐,母亲将他紧紧抱着,说:"姐姐不会回来了。"

第六日清晨,县里来了人,由几个老族人殷勤地陪着，沿着江边的小路，骑着马往镇子里行去。

田里忙活着的人们纷纷直起腰看。

曾被金金追着打的男人拍着胯子大笑："公秉也打过了，马上就要画押了。就等着明天的热闹了！哈哈哈！"

他家的女人却不附和了，催着男人赶紧干活，然后把同情的目光投向婆婆。

婆婆弯着身子，从桶里舀着肥，一勺勺浇在地里。

新种的南瓜苗，婆婆浇完了两列，不再去加肥，把桶就搁在菜地里，拍拍手回家了。

厨房里的热气腾腾的排骨汤是煨了一宿的。婆婆杀了一只鸡，在菜板上砰砰砰地剁着，砍成一块块，鸡脚洗干净铰了指甲扔进汤罐子里煮着，窗子上挂着的一条金金亲手腌的腊鱼，婆婆把鱼摘下来，眼眶发热，但她没有哭。

婆婆领着长生寻到了佟爷在镇子里的住处，佟爷正要出门，见到这母子俩，把脚步顿住。

婆婆给佟爷磕了一个头，没说话。长生则跑上前伸小手拉着佟爷的衣襟，眼泪汪汪的。佟爷就这样被长生拉着去了婆婆家。

婆婆其实也不过是个二十来岁的妇人，不方便跟男人接触的。佟爷一坐上饭桌，婆婆便端了个凳子坐到门口，脸朝着外头。

这户人家是规矩人。佟爷在一进屋就下了结论。

桌上摆着四菜一汤，一小碟腊鱼切得方方正正，一碟蒸豌豆，一碟红辣椒炒鸡杂，一碟土豆红烧鸡块，一钵排骨莲藕汤，汤里倒伏着两只黑黑的鸡爪子，筋肉半离了骨，煮的软硬恰好。不像一些不讲究的人家，筷子随便放桌上，这家是把筷子放在土瓷筷托上的。酒是事先就已经倒好了，佟爷将袖口微微挽了挽，端起来喝了一小口，见长生的大眼睛瞪着自己，便拿起筷子给他夹了一块鸡肉。长生接住放到碗里，不吃，只说："救姐姐！"然后哇地哭了。

婆婆并没有转过脸来，声音微微颤抖："我们家以前做过对不起族长的事。四年前的冬天下了油凌，二少爷跑去看，失足落到江里。江边的船夫全跳下去救，她公公离得最近，没能把二少爷救上来，他自己也死了。死就死了，留下我们孤儿寡母，欠一辈子人情债。现在大少爷是族长唯一的儿子，我媳妇去惹了人家，那就是犯了死罪，我们认罪，也认命。"

"佟爷，我不求族长饶她的命，只求能让我媳妇走得痛快些。我连药都给她备好了！她是个火爆性子的姑娘呀，活埋的话，比要她的命还让她难受哇！您大慈大悲行行好，就帮个忙吧！"

佟爷板着脸，一勺勺舀着汤，舀到碗里，再一口口喝完。喝完了汤，他将杯中酒一饮而尽，又把菜都挨个尝了一遍，掏出手帕擦擦嘴，然后起身，摸了摸长生的小脑袋，走出了门去。

经过婆婆身旁时，他从她手中接过了药，说："你媳妇是被冤的。"

婆婆抬起手揉了揉眼睛。

佟爷一走，婆婆就进屋了，对长生说："吃饭。妈攒点钱，明年再给你找个姐姐。"

长生大哭着跑开了。

在处置金金之前，佟爷去看了她。

这件事宋大少爷不能全然脱了干系，因而族长并没有太过为难金金，没有打骂，每日一餐饭也还是有的。

金金很平静，没有那种临死前的人的茫然呆滞或焦躁，她只是低着头，有时候闭着眼睛打盹儿，有时候只是看着自己的鞋子，她回家后将那双绣了金花的鞋子穿上了，她用白白的小手轻轻抚摸着花朵。

"长生媳妇。"佟爷叫她。

她抬头，那双眼睛又清又亮，真是很美的眼睛啊。

"你婆婆让我帮你，我答应了她。"

美丽的眼睛里渐渐涌上了泪水，金金等着佟爷继续说下去。

"我手里是你婆婆给你的药，如果你想走得痛快些，就把它吃了。"佟爷慢慢把手中纸包打开，里面是两粒红红的药丸，那颜色像极了他那日在茶园采的刺莓。佟爷用手指拨弄着它们："或者你要不忍一忍，冒个险赌一把。"

"如果你相信我，熬过这一劫，说不定我会带你去汉口。"佟爷凝视着金金，"吃药，还是活埋，你选吧。"

"我不吃药。"

宋大少爷在祠堂里枯坐着。

他想起自己多年前养的一只小花狗，他那么喜欢这只小狗，与它形影不离，每次下学回来，他总会抱着小狗抚摸逗弄。后来小狗死了，他难过极了，吃不下饭，睡不好觉，不过伤心之余却想：哦！还好我给了它足够的疼爱，我每日都抱着它，逗它玩。它是那么欢喜。

他想着想着，哭了，使劲哭，哭完了，心里也就没那么难过了。

宋家镇的人们在宋大少爷婚礼之前迎来了一场热闹的节日，按理说，那一天应该是不守妇道、秽乱乡里的小娼妇金金的忌日。

小孩子们跟在大人的后面上蹿下跳大声起哄，之所以这么兴奋是因为听大人们说被活埋的女子要剥光了衣服示众游街，孩子们对成熟的女人的肉体肯定是好奇的，肯定是充满着期待的，可他们最终还是有些失望，因为那个女人并没有被剥光衣服，只是被几个壮汉扭着抓着、推推搡搡送到山上乱葬岗去了。处置金金的仪式最终给小孩们留下的印象是震天的鞭炮声，因为要在祠堂挂红放鞭驱走邪气晦气，孩子们一哄而上跑去捡剩下的鞭炮。

婆婆带着长生远远地观望着，长生脖子上挂着一根银锁链，银锁是金金磨着镇里的小银匠赊了钱打的。长生没有哭，他听母亲的话，母亲说："姐姐耳朵尖，你哭她肯定能听到，听到就会伤心。"所以长生不哭，可是有热热的、湿湿的东西掉在他脸上，长生抬起头，看到母亲满脸的泪水。

族长嘴里含着京八寸潮丝烟管，慢悠悠吐着烟，面无表情地看着被捆绑的小女子，小女子低着头，很安静，脸儿白白的像新磨的豆腐。女人们站得很远，不敢说话，也不敢表露出怜悯，她们的眼睛里是湿湿的。男人们呢，虐待的快感消逝后，他们便呆呆地看着那引颈就戮、面目安详的小媳妇，脸上露出怔忡的茫然。

佟爷站在最高处，他是宋家镇的外人，只是一个见证者，他和族长一样没有表情，不过他没有抽烟，他把两只手都放进了衣兜里。

族长将烟管从嘴里拿出来，扬了扬。

金金被推入土坑。黄土被铲起，抛到她纤小的身躯上，围观的人看到她一双小脚轻轻抽搐了下，红色的绣花鞋一边绣着一朵金花，倏尔一闪，便被淹没在黄土之中。

曾诅咒金金沉江活埋的那个男人,随着人群从山坡走下来,与路边站着的婆婆和长生打了个照面。其实他心里也是郁郁的,但不知为什么,也许是为了让自己尝到一丝心愿得偿的喜悦,他笑着甩手走到长生面前,用手指刮了刮他的小鼻子:"小伢,你省心了,如今媳妇死了连安埋费都省了。"

长生抬起头看了他一会儿,忽然一头撞到他腿上,狠狠一口咬了下去。那男人嘶声大叫起来,伸手便要拽长生的脑袋,婆婆冲过去一巴掌拍到男人脸上:"你敢拽我儿子?你敢!老娘撕了你!你还我媳妇!把我姑娘还给我,你个臭嘴烂肚肠的狗杂种!"

人们将发了疯似的母子拖开,婆婆将长生一把抱起,给兀自喘着粗气的儿子整整衣裳,理了理自己蓬乱的发,头也不回离开。

乱葬岗上,人一散,佟爷的人便悄然从四处聚拢,把风的把风,铲土的铲、填坑时土未并被夯实,金金被挖出来的时候,气息已经极其微弱了,她的手攥成了一团,佟爷费了很大的劲,才让她的拳头松开。

没有多耽搁,她立刻被装进一辆马车中,一路颠颠簸簸,金金不停地咳嗽,佟爷给她轻轻拍着背,喂她喝水,却没有和她说话。马车在乱葬岗的坟堆间穿行,穿过泛起蓝灰色雾气的山丘,有画眉从林间飞出,发出婉转鸣声。不知行了多少里路,金金渐渐苏醒。

她的人生渐渐苏醒。

金金被几个汉子带到了码头,佟爷离开了一段时间,回来的时候天已经黑了。

他看着金金充满疑问的目光,说:"我去善后,现在没事了。"

金金觉得自己浑身都松了,忍不住偏偏倒倒,佟爷伸手把她扶住:"没事了,没事了。"

上了船,是她一直以来都向往的大轮船。金金洗干净了身子,换上了一身新衣服,衣服是佟爷给她买的,尺寸一丝不差,她本能地觉得佟爷必定有过很多女人,要不然眼力不会这么准。

可她不介意。重活过一遍的人了,对一切事情,都不必再介意。

一接触到她的身体,佟爷就知道这小女子简单得像个孩子，手脚都不知如何放，连怎么拥抱男人也不会，她只会抱小伢。于是他只好手把手教她，引导她，一颗心也渐渐变得温柔。佟爷让金金觉得自己真正像一朵花，他让她听到花朵开放的声音，那是枝叶一层层逐渐打开的沙沙声，金金就是那么绽放的。

之后，佟爷轻声问："你叫什么名字？"

金金猛地将他蹬开，蜷缩成一团。

佟爷以为她想起了宋大少爷，脸色渐渐沉了下来。可金金却只是想起那铺天盖地要淹没自己的泥土，无尽的恐惧绝望和窒息，可她无暇解释，也无力解释。

佟爷穿上衣服，离开船舱，将她一个人留在那里。

金金慢慢缩到被子里准备睡觉，夜是那么静啊，她听到江流涌动的声音，波涛拍击着船板，却好似又拍着她的心。

门吱呀一响，佟爷走了进来，手里端着碗米酒汤圆，冒着腾腾热气。

"吃点东西吧，吃了好睡觉。"

很奇怪，金金在他的面前完全不晓得掩饰和客气,也不晓得不好意思,披头散发就坐起来,弯着身子伸手就去接。

佟爷上上下下看了她一眼,随手捡起一件衣服扔在她赤裸的肩上,说:"你啊!"

金金抬起头,两粒黑眼珠湿漉漉的,却不是泪意,她说:"金金,佟爷,我叫金金。"

这小女人的柔丽妖娆是如此不自觉,是会灼伤别人也会灼伤她自己的,宋大少爷怎么可能拿得住她呀,佟爷心想。

宋大少爷的禁闭解除了,他衫子的下摆已经被灰土染了色,脏得不像样,脸也不干净,胡子拉碴的。

他到在江边的槐树下坐着,眼睛直勾勾看着江水。村妇们很同情他,却又不敢劝慰他。那可怜的、被活埋的小媳妇,让她们想着心里也不好受。这大少爷是个重情的人儿,不枉金金这小媳妇跟他好了一场。

宋大少爷坐在槐树下凭吊了一个下午,直到天黑了,宋家的人过来,把他接了回去。

族长如愿以偿看到儿子娶了亲。

一个多月后,佟爷把婆婆和长生接到了汉口。长生见到金金,哭着奔到她怀里去了,金金流着泪看着婆婆。

婆婆愣着神,反应过来后亦走上前去,重重地往金金脸上打了两巴掌。站在一旁的佟爷嘴唇一动,待要说话,却又没说什么。金金任婆婆打,可第三个巴掌到脸上就轻了很多了,婆婆的手缩回去,她颤声说:"你晓得,我之前从来没有打过你的,从来没有的!是不是?"

金金点头。

婆婆大声哭了出来,伸出手,把金金和长生都拥在了怀里。

很快就是端午了。佟爷让金金一家安置的小院子里,那里也有一棵槐树,花开得更是繁茂,香气浓郁。

金金剥粽子给长生吃,长生吃得嘴角边全都是白糖。婆婆看着金金:"他家里人知道你吗?"

金金说:"他说他在荆州有一发妻,是自小订的亲,身体不太好,但是个贤良女子,能容人的。"

婆婆叹息一声："人家是贤良，你呢？你在这里算什么呢？"

金金微微抬了抬头，窗外一片暖阳，春天就这么过完了，这一春，短如一瞬，长又如一世。

"妈，他是恩人啊。"金金轻声说，"我现在活着的这一世，是人家给的啊。"

婆婆眼圈儿一红，沉默了。

佟爷提着一兜咸鸭蛋和包子、两瓶荔枝罐头，他默默站在门口，许久，转身离去。

佟爷出钱，给他们置了一家成衣店。金金和婆婆、长生，就这样在汉口安定了下来。但是佟爷却很少再来看金金。长生总是端个小凳子坐在外头，如果在那川流不息的人群中看到佟爷，他就要跑去告诉姐姐，长生知道姐姐惦念着佟爷。

青石缸中的雨水结了一层膜，漂浮着落下的紫茉莉，长生给金金摘下一朵朵黄色紫色红色的花，穿成小花环送给金金。金金接过，摸摸长生的小脸蛋，说："大弟真乖。"

她抬起头，小院中的槐花已经落完了，已经到了盛夏。

佟爷一直没有再来。

快到深秋,树叶落了,佟爷终于来了,长生却没有坐在门口,成衣店里只有婆婆一人忙活。

"金金病了。"婆婆对佟爷说,又补上一句,"您不要担心,长生在照顾她,我一会儿会回去做饭的。"

那个小女人,被一个四岁半的小伢照顾着,佟爷觉得脸上有如挨了一巴掌,火辣辣地疼。

佟爷去了金金住的小院子。

金金的腹部微微隆起,斜靠在床上睡着了,床头放着一本习字簿和一只已经做好的小鞋子。长生乖乖地坐在床边小凳子上。

佟爷安静地走进去,长生见他进来,眼睛亮了亮,小声说:"姐姐吐了,不舒服。"

佟爷点点头,走到床边坐下。金金发着烧,脸颊都烧红了,嘴唇却苍白,曾经那般鲜艳活泼的人儿,憔悴成这个样子。

她睡得不沉,醒来的时候,手被佟爷握着,她要把手抽走,佟爷不放。佟爷当天搬到了院子里。

婆婆带着长生搬到店里去住了,金金苦苦挽留,婆婆笑着摇头,只说:"你每日都过来,不是一样吗?"

只有长生不高兴,好一阵子都闷闷不乐。佟爷和金金去成衣店,他一见着佟爷就皱着眉躲开,佟爷哈哈大笑,把长生揪出来,抱起往空中抛了抛:"这么大点的小伢,还晓得吃醋?"

长生忽然哭了起来,哭得可伤心了,佟爷抱着他,揉他的小脑袋:"哭什么,姐姐还是你的姐姐,又没有人抢你的。"

长生嚎哭道:"你是个坏人!"

"瞎说。"

"你抢了姐姐!"

佟爷就伸手去拉金金:"来,来,有人说我抢了你。"金金笑着被他拉到怀里,又被轻轻推开。佟爷把金金推向长生,说:"不要了不要了,我不要你姐姐了,小伢你高兴了吧?"

长生哭得更凶了:"不行,不行!不许不要姐姐!"

连婆婆都笑了起来,金金也在笑,只是她笑着笑着,忍不住看了一眼佟爷,不知道为什么,那笑容慢慢地凝固在嘴边。

年末,金金生了一个儿子。

过完了年，佟爷深思熟虑后，对金金说："允端现在也来汉口了，离了宋家镇，在我租界的房子里住着。他媳妇生孩子死了，现在他是一个人。你给我生了儿子，我佟家有了后，我是感激你的。你心里若还有他，就去找他吧。在汉口，有我在，没有人敢为难你，连老族长也不能了。"

金金直直地看着佟爷，目光里连一丝喜怒也没有，她站起来，好像在认真考虑，忽然猛地一头往旁边的墙上撞去，佟爷心中早就警铃大作，她一动作，他立时伸手攮住，金金便斜撞在他怀中。

佟爷没有说话，紧紧抱着她，抚摸她的头发，亲吻她的眼睛、睫毛、小巧的鼻子。

过了许久，他轻声说："那天，我第一次见着你。远远地，你踮着脚，脸朝着江面，衣服角儿被风吹得扑簌簌的。走得近来，就听你在骂那几个老女人，叉着腰，样子凶凶的，那么好看，却又那么可怜，然后你把一篓子鸡蛋递到我手里，满脸的小心思。你人那么小，我却知道你的心很大，比江河都大。你那时心里没有我，可我心里却有你了，要有多喜欢就有多喜欢。"

金金听着，听着，眼泪落了下来。这是她听过的最甜蜜的话了。

那天。原来就是那天,所有的缘,善的恶的,都起于那一天。

她这时才回想起那时他的样子。

他骑着马,跟在宋大少爷身后,微黑的脸庞,两道剑眉,炯炯的眼睛,她在众人的哄笑中逃跑时,曾回过一次头,宋大少爷一直背着身,而他,却正朝她看过来,眼神是温暖的,如暮春的江风。

"佟爷……"金金说。

"下个月,我们把婚事办了,我荆州的家人也会过来,他们并没有意见,他们会善待你。"

金金仰望着他,她的眼睛亮晶晶的,脸上又充满了他爱慕的小心思。

她在心里琢磨,那我该叫他什么呢?我连他的名字也不知道。我不知道我男人的名字,我不知道我儿子父亲的名字。我不知道我丈夫的名字。

"以后别叫佟爷了,我叫佟春江。"佟爷说,眉目间全是笑意。他的生意一直很忙,并没有多少时间跟她亲昵,略坐了坐,再逗了逗孩子便走了。

金金抱着儿子,带着长生,和婆婆一起去江边看渡轮,风带来轮船的汽笛声,江汉关的钟声悠悠敲响,金金大口地呼吸着,像过去每一个春天那样。

金金想:听说广州是个好地方,那里也有一条江,一直通到大海,什么时候让春江带我们去一次,我们就从这里坐船,一直走一直走。或者,我们带着他去也一样。

想着想着,好像觉得自己很能干似的,扑哧一声笑起来。

日月轮转,春天一到,从江面吹来的风,依旧还是香的。

MEMORY
HOUSE